MARO.

PHILIPP LUIDL

GEDICHTE

MAROVERLAG

FÜR RENATE,

CHRISTIAN, KATHARINA

UND ANJA

WEIL er denkt 7
weiss Descartes
dass er ist

Ich aber muss
um zu sein
schreiben

Mit jedem gedicht
werde ich mir
ähnlicher

Die augen habe ich mir
wund gelaufen
und diese sichel mitgebracht

Aus reinem silber
schärfer als papier
liegt sie bei mir
auf seidener nacht
im fenster

SERRABONE
romanische kirche in südfrankreich

Du gehst auf die sonne zu
der staub spiegelt deine schritte
dann trittst du ein

Gott fastet

Vier mauern ein dach
die wände taub
das becken leer

Gott altert

Du gehst
aus der distel
blickt er dir nach

MÄRZ

Noch sehen die bäume nicht
über die äste hinaus

Noch schläft die amsel
zu ende ihren mond

Die fenster beugen
sich aus der nacht

Und an jedes verliere ich
mein gesicht

DU kannst den himmel
an deine brust nehmen
so durchsichtig
ist der tag

Den nabel findest du schnell
aber darunter
wie langsam bereitet die erde
dich darauf vor

ABEND

Im bach
wäscht die weide
ihr bild

Und der tag
nimmt den horizont
von der leine

Unterm strich den
die krähe zieht
stehe auch ich

FÜR DEN MAYER HANSL

Lass dir erzählen vom wein
wie dort die erde riecht
wie dort die abende dunkeln

Lass dir auf der zunge zergehn
die silben des lichts
die verse des steins

Schenke dir ein
die farbe des sommers

Entkorke dich selbst
und gib deinem jahrgang
die chance

14

WIRF ihn
sagte das meer
und rollte den
stein an land

Dort lag er
anderntags wieder
und wirf ihn
sagte das meer

Und ich warf
eine nacht weit
und anderntags wieder

So spielten wir
ohne brett
nur mit steinen

NOCH ist
nicht die zeit
dieses gedicht
zu schreiben

Die kommas
zu schnüren
die punkte
zu ernten

Die blinkenden
silben
zurückzuwerfen
in ihre nacht

Noch ist
nicht die zeit
noch sind es
gedankenstriche

AN R.

Die blindenschrift der narben lese ich
dein körper liegt
den fingerspitzen aufgeschlagen

Ich rühr an grenzen
die kein wort benennt

Vielleicht mit hüben oder drüben

Ich zeichne eine karte im gedächtnis
dort fliessen vielerlei gefühle

Und ich vermesse sie

ARCACHON

Die muschel an meinem ohr 17
die welle zu meinen füssen
immer wieder von vorne
die muschel an meinem ohr
die welle zu meinen füssen
bis es abend wird
und dein gesicht sich wiederholt
an meiner schulter

18 ICH suche die feuerstelle des herbsts
den heiter fliessenden rauch
langsam die erde vergessend

So oder so ähnlich
möchte ich mich auf- und davonmachen
von keiner träne aufgehalten

WER seine sprache zurückgibt
wie er sie erhalten hat
nicht an mauern blutig geritzt
nicht eines weibes wegen
dreimal verraten
wer sie so zurückgibt
alle buchstaben vollzählig
komma und punkt noch neu
hat nicht gelebt

VORM OFEN

Hinter eisenstäben
schüttelt das feuer
die mähne

Auch diese locken
sind blond

Und wer einmal
verführt war weiss
blau wie die iris
blühen die narben
die keiner sich
von den händen wäscht

DRAUSSEN schreien die krähen
hier sonnt meine katze sich
schärft ihren schatten

Draussen schreien die krähen
hier sinken die wände in schlaf
kraft für morgen

Überm schnee schreien die krähen
knietief papier
das land ohne tinte

BAHNFAHRT

Die dächer lockern sich
und ich verpflanze orte
steck turm für turm
ein wenig tiefer

Ich gebe flüssen
einen andern lauf
und lasse wege
sonderbare wege gehen

Ermüdet steig ich aus
empfang den strauss
von wasserspielen
und weiss die stadt
von steinen überredet

STAUB

Sag bitte nicht
abstauben müsste man

Lange haben die uhren
an dieser decke gestrickt

Oder ist es ein schal
gegen die kälte

Oder sind es handschuhe
den fingern die anklopfen

Ob eines der sieben
geisslein noch lebt?

24 ALL die nadeln
mit denen das licht
eine kiefer stickt

All die stiche
mit denen der regen
das wasser näht

All die fäden
mit denen der staub
seinen teppich knüpft

An einem abend
im herbst
glaub ich den blättern

Glaub allen
die müde sind

DER regen hängt schief
aber was tropft fällt gerade

Geradewegs in die pfütze
oder mir in den schlaf
oder irgendwo in irgendeinen teich

Aber immer
klingt es nach kleingeld

Hier ist der
treffpunkt der uhren

Der in stein
der in der rose
der in der schrift

Alle begegnen sie meiner

Der in der
tasche des herzens

Der in den
fängen des bluts

Der in der
hand des einen

Da ist kein wort 27
zuviel gesagt

Den himmel ausgegraben
die wege zugeschüttet

Mehr war uns
nicht versprochen

ROSEN

28 Langsamer als auf den wegen
geht das licht durch die gärten
kommt in den rosen zum stehn

Und füllt mit geläut sie
bis an den rand

Und der abend
der alte glöckner
wirft sich ins seil
und alle farben
beginnen zu zittern

NACHTS in augenhöhe
das kreuz an der wand

Vom strassenlicht
dem fenster abgeschaut

Das einzige
in meinem haus

Das der morgen
wieder abhängt

HERBST

Die birke streut dukaten
die buche pfennige

Sie werden seltener
von tag zu tag

Und in die letzten
beisst der frost

Er prüft den feingehalt
der sonne mit seinem zahn

HÖRST du das papier
wenn ich schreibe?

Gedanken winden sich
rascheln hinüber

Zurück bleibt
ihre haut

Näh dir ein paar schuhe
du kannst gehen darin

AM GRAB II

In den kalten
fingern der schrift
dein noch warmer name

Nur in der schrift
vergleichst du dich noch
mit den andern

Dein herz diese
vase voll ungeduld
hast du längst
mit den wurzeln
der blumen gefüllt

Aus ihm blüht
nun das vergessen

GEDENKSTEIN DER RÉSISTANCE

Erschossen hier
wo der stein steht

Steht im stein

Das echo der salven
mit dem meissel eingestemmt

Die zeilen im anschlag
gegen mich

Garben von schrift

Schon schleicht sich
moos an

Den zeilen
das pulver zu nehmen

AM SEE

34 Das ufer
zugeschneit
von möwen

Mit einem
stück brot
gehe ich
schneeräumen

BUSSARD

Ein messer und wo
es stecken bleibt
lässt das fleisch
die klinge nicht los
damit keiner sieht
was ein leben kostet
und wie billig
der himmel es abschreibt
und zurücksteckt das messer
als sei nichts geschehen

NEBEL

Lass abtropfen das land
an der leine des horizonts
bis sichtbar wird
der mit dem hund
den der hund täglich ausführt

Oder das haus des nachbarn
dort wo es immer steht

Einst mit geblümtem muster
das land
jetzt ausgewaschen
und nur noch ein überzug
unsern gedanken

AM MORGEN VOR DEM SPIEGEL

Aus der tiefe des schlafs
steigt mein bild auf

Ich beuge mich zu ihm
blicke ins auge dem
der mir ins auge blickt

Am grunde geröll
steinzeit und sternzeit
und die stimme der nacht

Die einer frau
komm zurück mein
schoss ist warm

Ich führe dich
hinter den mond
wo es nie tag wird

Durch die schneise des walds
sah der himmel mich klein
unter masten aus eisen
den draht verfolgen
bis an den horizont

Ich nannte kindheit
wohin er sich fortspann unsichtbar
an ein fleissiges wasser das
licht ihm zu trinken gab

So heiss war die luft
dass kein vogel sang
in der schneise des walds
verkochte der tümpel
grütze und frosch
und den goldenen ball

Ich nannte kindheit
den trägen fleck erde
wo immer das licht
tannenränder stickte

Der weg verlief sich
so hatte sich manche
hoffnung verlaufen

Auszuschreiten dennoch
und wissen
sie warten zuhause
und backen brot
nenne ich kindheit

MIT der rechten hand
schreibe ich
aber auch
mit dem linken gehirn

Mit der linken hand
sehe ich
aber auch
mit dem rechten gehirn

Unter der schädeldecke
vertausche ich
die seiten

Doch manchmal
sehe ich auch
meine rechte hand
nach links greifen
und ein bild
zurückholen ins wort

VINCENT VAN GOGH

Zuletzt blies er kringel
aus seiner pfeife
besah sich das feld
bei untergehender sonne

Der zypresse
das tanzen gelehrt

Die sterne beschlagen
dass das land klirrte
den himmel mit
krähen verhängt

Ein sonderbarer landmann
den keiner kannte

Der nagel in der wand
war leer
er hatte
den hut genommen

DORT liegt das strickzeug
mit ihren fingern war es auf du
nächtelang unterhielt sie sich
hat an den nadeln vorbeigesprochen
zu ihrem sohn
wärmende worte
während sie fror

WIR haben die herzen beim herrn
doch den finger am abzug

Und durchgedrückt
schiessen wir bilder

Keiner muss ihn anfassen
und wegtragen

Ihm ein grab schaufeln
und ein kreuz nageln

Keiner bringt seiner
mutter die nachricht

Einer der oneline stirbt
schläft digital

REISE

Nach der trillerpfeife
liess der schaffner
die welt tanzen

Wälder und wiesen
drehten im fenster sich

Neben den schienen reihte
ein faden die dörfer auf

Als die erde anhielt
stand eine stadt vor der tür

Brachte steine unseren füssen
dunkle kirchen unserem glauben
bat um einlass uns

44 ZWEI hände
ineinander verflochten
ein korb
voller gebete

Um salz butter und brot
kerzen und ruhige nächte

Die nächte zuunterst
sie wurden zuerst
in den korb gelegt

ICH dachte
die zeit zählt

Weiss jetzt
sie färbt

BLUMENLADEN

Den blumenladen betreten heisst
hundert uhren ticken hören

Du nimmst die leiseste
den lockenkopf in der knospe

Er zählt am längsten
gegen wasser zählt er

Bis er kahl ist

DER BRIEF

Ein teppich wird's
deinen augen

Barfuss das geknüpfte
mit den sohlen lesen

Meine tinte war
das blau deiner iris

Ich verbrauchte es
in einer langen nacht

Den frost
brennen lassen

Jeder strauch
ein gläsernes feuer

Von jedem zweig
mundgeblasenes licht

Die sonne
packt porzellan aus
zerbrechlich
bis mittag

Nachmittags
setzen wir
den flügelschlag
eines vogels zusammen

49

WOHIN die spatzen kommen
die tische sind zugeschneit

Da fällt nichts ab
ist alles abgefallen

Der baum ein starker händedruck
auch wolken glauben ihm

Die spatzen fragen nur
wie lange noch?

Und meinen brot

DER STERN

50 Der tag rutscht
hinter die erde

Drüben das dorf
vergisst ihn

Drüben die lichter
ziehen hinauf

Wo er vorbeikommen muss
ein fahrender
durch sein jahrtausend
der singt

Dem sie nachsingen

ICH braue tee
ungeblümt der himmel
in meiner tasse

Zwischen den ästen
wohin ich nicht reiche
der schwarze krug
eine krähe

Weit geöffnet die pfütze
das fenster nach drüben

Kalt wird
in meiner tasse der tee

ICH BLEIBE

Geh du
ich bleibe

Auf vielen bahnhöfen
blieb ich

Und sprach
zu mir selbst

Und sprach
zu den dingen

Und die dinge
sprachen zu mir

Vom bleiben

REGEN

Mit flinken stichen
vernäht meine fenster
ein silberner fleiss
zwirn ohne ende
die nadel geht tiefer
sie heftet ans haus uns
erschrockene türen
wenn einer anpocht
der schneider will
nach seiner fasson mich
denk ich und
sehe er lächelt
fern aus den pfützen

54 SCHREIBMEISTER sein
wie du herr einer bist
dem dünnes gras
die hand nicht zittern lässt
und dem der wind
die tinte alter eichen trocknet

Wie anders meine schrift
in der von sternen steht
anstatt von freiheit
und liebe nur ein wort ist
statt ein tropfen blut

Wie schreibst du herr
mit welcher feder
dass dir die farbe flüssig bleibt
durchs jahr
und dass ein punkt
ein blesshuhn wird im nebel?

MEIN haus ist 55
von regen umstellt
keiner fängt mich auf
wenn ich
aus den wolken falle

Auf eine wiese
zwischen nachbarn
die vorhin
verschollen waren

Ich seh in den pfützen
dass der nachmittag
linsen schleift
sich den
himmel besieht

Nicht hinauf
hinab blickst du auf ihn
er ist dir
in den weg gelegt

MEINE WORTE

Im ofen knistern sie
keines wehrt sich
steht auf

Den flammen vorgeworfen
lassen sie sich zerlegen
selbst was knochen an ihnen ist

Feuer ein hartes wort
meinen worten

ALS der tag 57
schon gegangen war
sprach der giebel
noch immer vom licht

Aber nicht der tag
mein haus zieht hinab
an rauschenden sonnen
vorbei jede nacht

Ob ihm der sprung gelingt
erneut in den morgen
bleibt ungewiss
bis der hahn kräht

NACHWORT

PHILIPP LUIDL gehört zu den wenigen grossen Dichtern, die ihre Gedichte ausschliesslich mit den Augen schreiben. Die wenigen Worte, die es dann braucht, um das Gesehene festzuhalten, sind als Diener des Auges schnell bei der Hand. Weil er lange schauen muss, bis in dem Wirrwarr der Welt sich ein Bild zeigt, das aufzuschreiben sich lohnt, sind seine Texte kurz. Ihre Wirkung dagegen hält beglückend lange an, weil kein überflüssiges Wort von der Schönheit des Gesehenen ablenkt. Seine Gedichte wollen nicht entführen und nicht verführen, sondern hinführen. Genauere Exerzitien des Auges gibt es in der deutschen Poesie dieser Zeit nicht. MICHAEL KRÜGER

INHALT

Originalausgabe

1. Auflage September 2000

Typografie Philipp Luidl
Gesamtherstellung MaroDruck, Augsburg

Die Deutsche Bibliothek –
CIP-Einheitsaufnahme

Ein Titelsatz für die Publikation ist bei
Der Deutschen Bibliothek erhältlich

ISBN 3-87512-251-8